L'ATTENTAT

DE VERSAILLES,

OU

LA CLÉMENCE

DE LOUIS XVI;

TRAGÉDIE.

Ut Trojanas opes, & lamentabile regnum
eruerint Danaï. . . . .

A GENEVE;

ET SE TROUVE A PARIS.

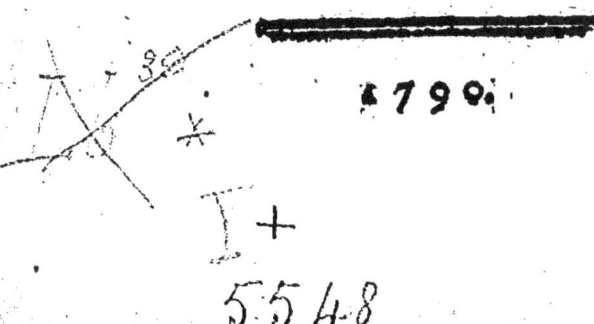

1790.

AVERTISSEMENT.

J'OFFRE à mes Concitoyens une piece vraiment nationale, dont le sujet n'a point été puisé dans les annales obscures de l'Histoire, mais pris sur le tems même.

J'ai vu & j'ai voulu consacrer un des plus extraordinaires & des plus affreux événemens dont un Français puisse être le témoin dans sa Patrie. J'ai cru pouvoir substituer M. de Calonne à sa lettre au Roi, où il disoit, au mois de Février dernier, avec autant d'énergie que de vérité : VOYEZ CE QUE VOUS ÉTIEZ, ET VOYEZ CE QUE

VOUS ÊTES ; que ne pourroit-il pas ajouter aujourd'hui ?....

Je ne dirai qu'un mot fur la compofition & le ftyle de cet ouvrage ; on s'appercevra facilement fans doute, que je me fuis étudié à rapprocher dans cette piece toutes les plus belles fituations de nos plus célebres tragiques ; j'en ai même fouvent pris des vers entiers, imité beaucoup d'autres, & prefque toujours rappellé chaque fcène par un des premiers vers de celle contre laquelle j'ofois me propofer de joûter ; le public me trouvera fans doute bien audacieux ; les connoiffeurs jugeront fi j'ai réuffi.

Qu'on ne me reproche point ici de perfonnalités ; j'avertis mes lecteurs qu'il faut fe porter à un fiecle du nôtre pour voir cette piece à fon véritable point d'optique, & par conféquent nous fuppofer tous morts; d'ailleurs je dirai avec Juvenal :

Semper ego auditor tantum, nunquamque reponam, vexatus toties rauci, Theseide Codri.

LE ROI.

LA REINE.

LE DAUPHIN.

Le Duc D'ORLÉANS.

La Duchesse D'ORLÉANS.

La Marquise DE TOURZEL, gouvernante du Dauphin.

Le Duc DE GUICHE, Capitaine des Gardes

Le Comte DE MONTMORIN,

Le Maréchal DE BEAUVAU,   } Ministres.

*NEKRE,

Madame NEKRE.

CALONNE.

Le Comte DE MIRABEAU.

Le Comte DE LALLY.

Le Marquis DE SAINT-HURUGE.

CÉRUTTI, Ex-Jésuite, confident de Nekre.

DURUEY, ami de Calonne.

Le Comte DE LA TOUCHE ; Chancelier du Duc d'Oléans.

Le Marquis DE LA FAYETTE.

CHAPELIER, Député de Bretagne.

BARNAVE, Député du Dauphiné.

LA CLOS, serviteur intime du Duc d'Oléans.

Députés de l'Assemblée Nationale.

Gardes.

Peuples.

La scene est dans différens appartemens du château de Versailles.

---

* On s'est permis d'écrire son nom comme on le prononce pour la facilité & la douceur de la versification.

L'ATTENTAT DE VERSAILLES

ou

LA CLÉMENCE DE LOUIS XVI,

TRAGÉDIE.

ACTE PREMIER.

SCENE PREMIERE.

CALONNE, DURUEY.

CALONNE

OUI, je viens dans Paris faire entendre ma voix ;
Du sceptre chancelant je viens plaider les droits ,
Rappeller les Bourbons au rang de leurs ancêtres ;
Et le Peuple Français à l'amour de ses maîtres.
Que les tems sont changés ! quand je vins au Conseil ;
La Cour brilloit encor d'un pompeux appareil ;
De Versailles sur-tout, de ces lieux magnifiques,
Les courtisans en foule inondoient les portiques ;
Et les autres États , également soumis ;

A 4

Confondoient dans leurs vœux Antoinette & Louis.
  Un étranger sorti d'une secte ennemie,
En un vaste désert a changé ma Patrie ;
Ses perfides conseils, sur le front de Louis,
Ont flétri la couronne & desséché les lys ;
Tout a périt, grands Dieux ! entre ses mains funestes !
De nos Français, dis-moi, que font ici les restes ?
Les droits sont-ils sans force, & les loix sans vertu ?
Enfin Nekre à ses pieds a-t-il tout abattu ?
De ce qui s'est passé, je fus instruis à peine.

DURUEY.

  Dans la tombe on venoit de descendre Vergenne,
Quand Montmorin parut ; ses commis affligés,
L'observent en silence autour de lui rangés ;
Il quitte les états de la fiere Armorique ;
Il fonde sur Gérard toute sa politique ;
Ce tortueux Gérard qui soutint autrefois
Du débile Gravier la trop timide voix ;
L'œil morne maintenant, les paupieres baissées,
Craint de payer lui seul leurs sotises passées ;
Pour Montmorin, il offre en parole, en écrit,
Dans un très-petit corps, un plus petit esprit ;
Des bienfaits de Louis, comblé dès son enfance,
Il ne sçut le servir que de son ignorance ;
La guide de l'Europe échappée à ses mains,
Voltige au gré des vœux de tous les Souverains ;
Gustave le dédaigne, & Joseph le commande,
L'aigle de Frédéric plane sur la Hollande :
Mais un bruit qui bientôt s'accrédite à la Cour,
Vient d'un premier Ministre annoncer le retour ;
De l'œil de bœuf ému les voûtes retentissent,

Du Courtifan pillard les cheveux fe hériffent ;
Caftries fuit, Ségur fuit, pouffant des cris aigus ;
Breteuil même étonné regarde vers Dangus :
Brienne, s'affeyant fur les marches du Trône,
Du pouvoir fouverain cependant s'environne,
Et du hardi Prélat l'efprit infidieux
Contre nous fe déploie en édits défaftreux ;
Les enfans de Thémis, fuyant leur domicile,
Dans des Temples obfcurs vont chercher un afyle ;
Et prifonniers au fein d'un nouvel Illion,
Ils prédifent le trouble & la confufion ;
Sabatier, qui des fiens anime le courage,
Propofe les Etats ponr arrêter l'orage,
Et redoutant l'effor de ce nouveau Vifir,
Tout bon Français bientôt marque même défir.
Nos Sénats réunis, brillans de renommée,
Entraînent fur leurs pas & la mitre & l'épée ;
La Cour paroît céder, & Brienne aux abois,
Fixe un terme à nos vœux qu'il retarde vingt fois,
Des Peuples en fufpend la trop vaine efpérance
Fonde fur les Etats le falut de la France.
Cependant le Prélat, fans mefure ni frein,
Rompt & détruit le foir ce qu'il fait le matin ;
En arrêts impuiffans envain il fe confume,
Envain des beaux-efprits il emprunte fa plume ;
Il eft contraint de fuir, fuivi de Lamoignon,
Qui depuis... Mais alors on eftimoit fon nom ;
Dans ce moment d'effroi, de trouble & de fcandale,
Nekre fait retentir les cris de fa cabale ;
Le Peuple s'en émeut, Verfaille eft effrayé,
Enfin le Roi le nomme, & Lambert eft rayé ;
Le Génevois foudain, & fon ardente clique,

Sappent à coups preffés le pouvoir monarchique ;
Des mains de Cérutti pleuvent mille pamphlets ;
Les Princes , les Prélats font livrés aux fiflets ,
Et de l'Italien la plume incendiaire ,
De Geneve en nos murs veut allumer la guerre.
C'eft en vain que d'Artois , Condé , Bourbon , Conti ,
S'oppofent aux efforts d'un efprit perverti ;
Ils font prêts à périr fous les débris d'un Trône
Que ne connoîtroit plus l'œil même de Calonne.

CALONNE.

Comment un tel projet manqué dans tous les tems ,
Peut-ilencore avoir de nombreux partifans ?
On fait qu'à fes Barons , trop fiers de leur fortune ,
Philippe ofa jadis oppofer la Commune ;
Mais un plan fi voifin de la confufion ,
Obtint bien rarement fon exécution.

DURUEY.

Nekre , d'un efprit vain ; & tout plein de lui-même ;
Croit que tout doit céder à fon vafte fyftême ,
Qe la France à genoux , l'encenfoir à la main ,
Pour tout autre que lui , n'aura que du dédain ;
L'infenfé ne voit pas que tout prêt du naufrage.. . .

CALONNE.

Je viens , s'il en eft tems , pour conjurer l'orage ;
D'un billet , que dans Londre on m'adreffa d'ici ,
Dans ce jour, m'a-t-on dit , je dois être éclairci ;
On parle d'attentats, de révolte & de crimes ;
On tait les criminels , ainfi que les victimes.

DURUEY.

Protégez cet Empire, ô dieux ! de mon pays.

CALONNE.

Sans doute il faut pleurer le superbe Paris.

DURUEY.

Ce n'est plus cette ville en merveilles féconde,
Que la Seine autrefois, l'arrosant de son onde,
Comtemploit, & voyoit la reine des cités ;
Ce n'est plus qu'un amas d'horribles cruautés ;
Effrayés des apprêts de nos guerres civiles,
L'abondance & les arts ont fui de leurs asyles ;
On y souffre le meurtre, & de la trahison,
On offre à prix d'argent de payer le poison.
Le citoyen y foule une terre étrangere ;
Le bourgeois veut pour loix donner sa regle austere ;
Et le bruit des guerriers, aux armes l'appellant,
L'artiste dans ses mains voit mourir son talent.
La liberté pour nous ne fut que la licence ;
Le cœur droit de Louis est dans la confiance ;
Et ne croyant céder qu'aux vœux des bons Français,
D'une affreuse anarchie il souffre les excès.

CALONNE.

Le voile des Rhéteurs étendu sur la France,
Annonce de l'état l'entiere décadence ;
Où le raisonnement vient gâter la raison,
Richelieu même doit le pas à Pétion :
Des abus de l'esprit trop ordinaire exemple ;

Colbert & Chapelier disputeroient ensemble,
Et le sophisme admis pour maxime d'état
Target doit dans Dénain décider du combat.

DURUEY.

Nekre fut des premiers à franchir la barriere ;
A tous nos raisonneurs il ouvrit la carriere ;
Et dans moins de vingt ans, ces publiques leçons
Ont produit les écueils auxquels nous périssons ;
Lui-même & Cérutti.

CALONNE.

Je vais ici l'attendre ;
Toi, passe chez la Reine, où je devois me rendre.

SCENE II.
NEKRE, CALONNE, CÉRUTTI.
CALONNE.

Enfin vous l'emportez, Monsieur, & notre Roi
Vous éleve en un rang qui fut jadis à moi,
Il vous fait Directeur des trésors de la France.

NEKRE.

Un titre entre nous deux met quelque différence ;
Par-là, Louis est juste, & fait connoître assez
Qu'il veut récompenser les services passés.

CALONNE.

Sans nous en rapporter aux jugemens des hommes ;
Le destin de l'Etat montrera qui nous sommes ;

J'ai prévu, j'ai parlé : dans un conflit si grand,
On céde à des raisons dont vous êtes garand.

NEKRE.

Si j'avois à parler à d'autres qu'à Calonne,
Je laisserois briller l'éclat qui m'environne ;
Et mon compte rendu dans mes habiles mains,
Les tiendroit au niveau du reste des humains.
Je dirois qu'un Ministre, ayant mon caractere,
A droit, sur sa parole, aux respects de la terre.
Mais enfin, puisqu'ici le Ciel veut nous unir,
Vois Nekre tout entier, & parle sans rougir.

CALONNE.

Je rougis pour toi seul, pour toi, dont l'artifice
A conduit ma patrie au bord du précipice,
Dont l'ignorante main seme ici les forfaits,
Et fait naître la guerre au milieu de la paix.
Pour moi, qui de l'Etat dirigeant la Finance,
Laissai chacun jouir des droits de sa naissance ;
L'on ne m'a jamais vu, trahissant mon devoir,
Confondre en même rang le soc & l'encensoir ;
Et périsse à jamais la fausse politique
Qui conçoit sans degrés un État Monarchique,
Qui veut au même poids, peser tous les mortels,
Qui du sang des François cimente ses Autels,
Et n'ayant que Reynal & Guillotin pour guides,
Ne peut nous rendre égaux qu'à force d'homicides.
Oui, je doute, Monsieur, que les yeux de Louis,
D'un prestige aussi vain soient long-tems éblouis ;
Il pourroit entraîner des suites trop sinistres,

NEKRE.

Je dédaigne, Monsieur, la foule des Miniſtres,
Qui ſe traînant toujours ſur des formes d'Etat
Gouvernent d'habitude, & régnent ſans éclat.
Avant moi, Richelieu fit tout céder au Trône,
De Louis ſur ſa tête il plaça la Couronne,
Et portant le Monarque au faît des Grandeurs,
Laiſſa loin de ſes pas ramper ſes Succeſſeurs.
Je viens après cent ans, jaloux de ſa mémoire,
Par un nouveau chemin ravir la même gloire,
Et me feſant du Peuple un bien plus fort appui,
Régner tout-à-la-fois ſur le Trône & ſur lui.

CALONNE.

Mais la Cour ſera-t-elle auſſi d'intelligence ?

NEKRE.

Je ſaurai, croyez-moi, la réduire au ſilence;
De la philoſophie embraſſant les Autels,
Je porte ma fortune au-deſſus des mortels.

CALONNE.

Je ne puis encenſer une Philoſophie,
Sous laquelle je vois toute gloire avilie;
Qui ſeme le déſordre & la diviſion;
Reſpectant, comme vous, l'homme, & la Nation,
Ne doit-elle pas tout à ceux, dont le génie

La tira de l'enfance & de la barbarie ?
A ceux dont le talent , dans le plus grand des Arts,
Toujours en sa faveur sçut fixer les hasards ?
A ceux qui des destins , Maîtres, pour ainsi dire ,
Préparerent de loin la grandeur de l'Empire ?
S'il nous est glorieux de nous dire Français,
La multitude eut peu de part à ces succès;
Et quand il faut , Monsieur , conjurer la tempête
Que peuvent mille bras dépourvus d'une tête ;
D'une fausse lumiere on doit craindre l'éclat ;
Par-tout elle perdit & le culte & l'Etat ;
Et le Peuple changeant seulement de ténebres ,
Marque de flots de sang ces époques célebres.
Le tems , & la raison ramenent les esprits ;
Les Français rougiront d'avoir été surpris.
Du Roi désabusé que ne peut la furie ?

NEKRE.

Suffren dans Sisteron tremble encore pour sa vie.
Vois le Peuple Bréton instruit par Montmorin ,
Soutenir mes projets les armes à la main ;
D'Orléans , dans Paris , arbore ma banniere ;
Le bourgeois n'y tient plus son front dans la poussiere ;
A Marseille & dans Aix , le Tribun Mirabeau
Au rochet , à la robe , ouvre plus d'un tombeau ;
Et sans gloire aujourd'hui , cette Noblesse antique
Préfere à ses lauriers la palme académique ;
Ignorant qu'en cet art , dès long-tems dénigré ,
Qui ne vole au sommet rampe au dernier degré.
Des enfans d'Apollon caressant la rudesse ,
On la voit mendier les myrthes du Permesse ;

Les Boufflers , les Duras , favent faire un difcours ;
Sedaine le Maçon s'affeoit près des Harcourts.
Nivernois au confeil , & Beauveau dans l'armée
Ne doivent qu'à moi feul toute leur renommée.
Lauraguais n'eft qu'un fou , Biron un partifan ;
Liancourt croit déjà n'être plus courtifan ;
Fézenfac m'obéit , & Périgord vegete ;
Mouchy de fon falut feulement s'inquiete ;
Bouillon vit ignoré ; Montmorin aujourdhui
Couvre fa nullité de mon utile appui ;
Narbonne aux pieds de Staal voit écouler fa vie ;
Le fang de vos héros au publicain s'allie t
Et riche de l'emploi de Maître de l'Hôtel ,
Defcars , le fier Defcats fuccede à Montmartel.
De Louis , par fon cœur conduit dès fa naiffance ,
Le rufé Maurepas fçut prolonger l'enfance ;
Confiant dans Vergenne , il crut régner par toi ,
Defpote fous Brienne , & Plébéien fous moi ,
Une âme noble & franche eft tout fon caractere ;
Et le mal qui fut fait fut de fon miniftere.
Voilà ce dont on veut que je fois alarmé :
Le refte ne vaut pas l'honneur d'être nommé.

CALONNE

En étranger jaloux , c'eft juger ma Patrie ;
Quoi ! vous comptez pour rien nos héros dans l'Afie ;
Et Condé dans Friberg , dans nos ifles Bouillé ;
Rochambeau dans Bofton , peut-il être oublié ?
Je vous rappellerois d'Eftaing & la Grenade ,
De Quélen , jeune encore , la célebre Ambaffade ;
D'Albert , Broglie , Laval , qui tous fujets foumis ,

Sont

Sont encore la terreur de tous nos ennemis.
Toujours on trouve en vo s cette orgueilleuse ivresse ;
D'une âme folle & vaine , & sans scélératesse ;
Mais détaillant un peu votre vaste tableau ,
Ne soupçonnez-vous pas ce même Mirabeau ?
Dans vous , l'ambition peut n'être pas un vice ;
Burrhus ambitieux fut trompé par Narcisse ;
Et ce bruyant Philippe idole de Paris ,
Est-il aussi flatté d'être de vos amis ?
D'Albion préférant les mœurs , & les maximes
Des mains d'un scélérat , il peut voler aux crimes.
Cet homme est Mirabeau , redoutés tout de lui.

NEKRE.

Que peuvent-ils sans moi ? J'ai le Peuple aujourd'hui ;
Tout doit fléchir ici sous le joug populaire.

CALONNE.

C'est estimer trop haut la faveur du vulgaire ;
Car de ce Peuple enfin dont on fait tant de cas ,

NEKRE.

Je séduirai les cœurs.

CALONNE.

                Ils solderont les bras ;
Et tournant contre vous votre propre artifice
De la chûte du Trône , ils vous rendront complice
Mon amour pour mon Roi ,

B

NEKRE.

C'est le pousser trop loin.

CALONNE.

Sans doute ; & c'est vous seul que regarde ce soin.

SCENE III.

NEKRE, CÉRUTTI.

NEKRE.

AMBITIEUX esclave , & né pour toujours l'être ;
Avec peine dans moi tu reconnois un maître ;
Tu voudrois m'éffrayer du nom de Mirabeau ;
Le cédre voit en paix croître l'humble roseau ;
C'est à toi qu'appartient l'honneur de le confondre ;
Ami , je te chargeai du soin de lui répondre ,
Sur-tout qu'en tes écrits.....

CÉRUTTI.

Oui , j'ai tout préparé ;
Ce que jusqu'à présent le Peuple a révéré ,
Est présenté par moi comme un culte frivole ;
J'ai renversé le temple , & j'ai brisé l'idole ;
Nourri , vous le savez à l'ombre des Autels ,
J'allois y bégayer des sermens éternels ,
Quand d'un Ministre altier la ferme politique
Brisa de l'oyola le sceptre tyrannique ;
Il ouvrit la carriere à mes jeunes talens ;
Je défendis Ignace & ses nombreux enfans ;

Et de l'ambition la premiere étincelle
Dans mon novice cœur fut le fruit d'un saint zele ;
Depuis étudiant le monde & ses secrets,
Je servis avec vous de plus grands intérêts ;
Mais en me partageant entre Genève & Rome,
Je sçus à toutes deux préférer le grand-homme.
Comptez sur moi, Seigneur, & soyez mon appui.

NEKRE.

Mon cœur reconnoîtra ce service aujourd'hui ;
Mais dédaignant des cours la vieille politique,
Fixons l'œil cependant sur la chose publique ;
Consultons le moment par qui tout est permis ;
Et le besoin d'argent à qui tout est soumis.

Fin du premier Acte.

ACTE II.

SCENE PREMIERE.

Le Comte DE MIRABEAU, le Marquis

DE SAINT-HURUGE.

Le Comte DE MIRABEAU

VIENS, suis-moi, d'Orléans en ces lieux se doit rendre ;
Je pourrai cependant te parler & t'entendre ;
Instruis-moi des secrets que doit t'avoir appris
Le séjour que pour moi tu viens faire à Paris ;
De ce qu'ont vû tes yeux parle en témoin sincere ;
Songe que du récit enfin que tu vas faire,
Dépendent les destins de l'Empire François ;
Que fait-on dans Paris ? Que dit-on au Palais ?

Le Marquis DE SAINT-HURUGE.

La Capitale encore à son Prince fidele,
Voyoit, sans s'étonner, une armée autour d'elle ;
Les Gardes seulement, assurés de secours,
Payés par d'Orléans, murmurent tous les jours.
La foiblesse du Chef à leurs yeux découverte,
De Biron au cercueil leur fait pleurer la perte ;
Mais, sans éterniser des regrets impuissans,
Portés à la révolte, ils suivent d'Orléans.

Le Comte DE MIRABEAU.

Nous faurons employer ces nouveaux Janiffaires ;
Que font en ce moment nos fecrets émiffaires ?
Dans les replis des cœurs , ami , n'as-tu rien lu ?
Philippe y joiut-il d'un pouvoir abfolu ?

Le Marquis DE SAINT-HURUGE.

D'Orléans eft content , fi nous voulons l'en croire
Et femble fe promettre une heureufe victoire ;
Mais en vain par ce calme il croit nous éblouir ;
Il affecte un repos dont il ne peut jouir.
C'eft en vain que , trompant fon calcul ordinaire ,
Limon cherche en fon nom , à gagner le vulgaire ,
Le peuple fe fouvient , malgré fon amitié ;
Qu'il l'a de fon Palais privé de la moitié ,
Lorfque pour agrandir fa fortune nouvelle ,
Il fit à fes voifins une injufte querelle.
Moi-même , j'ai fouvent entendu fes difcours ;
Le peuple craint Philippe , & le craindra toujours ;
Ses careffes n'ont point effacé cette injure.
Pour lui , votre abfence eft un fujet de murmure.
Tous regrettent le tems à leurs penchans fi doux ,
Quand au Palais Royal on entendoit que vous.

Le Comte DE MIRABEAU.

Quoi ! tu croirois , ami , que mes fautes paffées
Déjà des mains du tems pourroient être effacées ?
Tu crois , qu'obéiffant à mon plus chaud défir ,
Paris m'écouteroit encore avec plaifir ?

B 3

Le Marquis DE SAINT-HURUGE.

Le fuccès déformais réglera fa conduite,
Il faut voir de la cour la victoire ou la fuite;
L'habitant de Paris, aimant toujours fes Rois,
Obéit fans murmure à leurs plus dure Lois;
Il ne trahira point l'amour de tant d'années;
Mais enfin le fuccès dépend des deftinées;
Si l'heureux d'Orléans, fecondant notre ardeur,
Au château de Verfaille eft déclaré vainqueur,
Vous verrez ces Bourgeois lui rendre dans leur Ville,
Avec l'obéiffance, un hommage fervile;
Mais fi dans fon deffein, les hafards plus puiffants
Marquent de quelque affront le nom de d'Orléans,
Alors, je l'avouerai, tremblant de votre audace,
Je crains pour vous, Monfieur, quelqu'affreufe difgrace;
Nekre, vous le favez...

Le Comte DE MIRABEAU,

Peut-être avant ce tems
Je faurai l'occuper de foins plus importans,
Je fais que ce Miniftre a juré ma ruine,
Je fais, il triomphoit, le fort qu'il me deftine;
Il regne feul, & moi, perdu dans nos Etats,
Je me vois le héros de futiles débats.
Voilà le Peuple, ami; l'apparence le guide,
Nekre eft tout à fes yeux, & nouvel Ariftide;
A cet homme hautain, cupide, ambitieux,
Je prodigue aujourd'hui le nom de vertueux;
Mais j'ai fu lui donner plus d'un fujet de veilles,
Et le bruit en ira bientôt à fes oreilles.

Le Marquis DE SAINT-HURUGE.

Quoi donc ! qu'avez-vous fait ?

Le Comte DE MIRABEAU.

     Je prétends aujourd'hui
Que cet homme périffe , & la Reine avec lui.

Le Marquis DE SAINT-HURUGE.

Quoi ! la Reine , Monfieur , cette augufte Marie ;
Qui dans tant de beautés pour le Roi fut choifie ?

Le Comte DE MIRABEAU.

Que parle-tu de Roi , quand l'aîné des Bourbons ;
Louis , d'un vil banquier écoutant les leçons ,
Quitte, pour fuivre Nekre en des fentiers vulgaires,
Les glorieux chemins que lui traçoient fes peres ;
Un tel difcours dans moi te doit être nouveau ;
Approche , Saint-Huruge , & connois Mirabeau.
J'ai fu , même à tes yeux , dès mes jeunes années ,
Paroître dédaigner mes hautes deftinées ;
Mais les tems font venus où je dois de mon cœur
Te dévoiler enfin la fombre profondeur.
Altier , impérieux , mais fouple & populaire ,
Du Peuple inceffamment je plaignis la mifere ;
Sentant que par lui feul je pouvois m'élever ,
Du ton de mes pareils je fus me préferver ;
Et fi Nekre avant moi fe fervit de fes larmes ,
Que ne peut Mirabeau muni des mêmes armes ;
Du Peuple , en nos Etats , je me fis le tribun ;
J'excitai d'Orléans ; je féduifis d'Autun ;

B 4

D'Autun dont le cœur jeune, & la bouche encor pure
Contre le Sacerdoce invoque la Nature ;
A Philippe, soumis à ses avares goûts ;
Je promis les trésors qu'il prodiguoit pour nous ;
Même je fis briller aux yeux de sa compagne
Le sceptre du Régent, & l'oubli de l'Espagne ;
Ainsi me préparant à de plus grands combats
Je devins le fanal de nos jeunes Etats ;
Fondateur de leurs Loix, sans avoir leur estime,
J'y prêchai les vertus, & méditai le crime.
D'Orléans, me dis-tu, se croit Roi dans Paris :
Je le mettrai lui-même au nombre des Proscrits ;
Oui, ne t'y trompe pas, ce Philippe si brave,
Ce fanfaron du crime a l'âme d'un esclave.
Prêt à régner, ami, si nous sommes heureux,
Prêt à fuir, si le sort contrarioit nos vœux ;
Enfin, pour m'assurer la faveur souveraine,
Il faut perdre avec Nekre, Orléans & la Reine ;
Sans femmes, sans ministre, abhorrant nos Etats
Le timide Louis va me tendre les bras.
J'ai pour tromper Philippe, assuré mes mesures,
Et parmi ses agens, su choisir des mains sûres.

Le Marquis DE SAINT-HURUGE.

Ainsi donc, vous pouvez douter de ses vertus ?

Le Comte DE MIRABEAU.

Ce seroit m'occuper des soins trop superflus.
Laissons les longs secours d'un vaine prudence ;
Et fixons dès ce jour le destin de la France.

Le Marquis DE SAINT-HURUGE.

Qu'à tous les bons Français ce moment sera doux ;
Vous régnerez par eux , ils régneront par vous.

Le Comte DE MIRABEAU.

Tu voudrois que pour prix de ce projet finistre
D'un fantôme de Roi trop abjecte Ministre ,
Dès long-tems dévoré de la soif de régner ,
Au gré de tes François j'aille me gouverner ?
Au Peuple , j'ai rendu d'ambitieux services ,
Sans prétendre jamais adorer ses caprices ;
Et je laisse à Guignard , au modeste Cicé ,
A signer un arrêt qu'ils n'ont pas prononcé ;
Va , le foible Louis nous fit ce que nous sommes ;
Mais le Peuple toujours fut fait pour les grands hommes.

Le Marquis DE SAINT-HURUGE.

De vos vastes desseins je n'étois point instruit ;
Vous savez , contre vous on répand plus d'un bruit ,
Qui , quoique dénués de toute vraisemblance ,
Pourroient tromper vos vœux , même dès leur naissance.

Le Comte DE MIRABEAU.

Tu verras, m'érigeant en Richelieu nouveau ,
Louis & ses Sujets aux pieds de Mirabeau.
D'orgueilleux orateurs , l'ignorante éloquence ,
Par les loix des Cujas , voudroit régler la France ;
Et des Nobles sans nom , honte de leurs aïeux ,
S'honorent de les suivre , & de ramper sous eux ;
Malgré ces mirmidons , au temple de mémoire ,

Dieu-donné de fa vie ennorgueillit l'hiftoire ;
Par lui le nom Français, à l'Univers porté ,
Brille encor des rayons de l'immortalité.
Il eft tems d'arrêter cette démagogie ;
Si je fus des premiers à lui donner la vie ;
C'eft que je dus chercher dans la confufion
Les feuls degrés permis à mon ambition ;
Mais ces premiers pas faits , effort de mon génie ;
Je veux rendre au Confeil fa premiere énergie.
Que de ce vain Sénat le temple foit fermé ,
Et que tout rentre ici dans l'ordre accoutumé.

Le Marquis DE SAINT-HURUGE.

Etes-vous fans foupçons du jeune la Fayette ?
Sa prudence en tout fens s'agite & s'inquiette.
Commandant de la Garde , & maître dans Paris ;
Dans le parti du Peuple il a tous fes amis.

Le Comte DE MIRABEAU.

La Fayette n'eft point ce qu'un vain Peuple penfe ;
Le hafard le fervit à Bofton , comme en France ,
Où croyant voir en lui l'efprit de Washington ,
Le Bourgeois fe croit brave à l'abri de fon nom ;
De cette Tragédie un muet perfonnage ,
Un garde de Bailly, pouroit me faire ombrage ;
Aujourd'hui la Fayette , aux yeux des Nations ,
N'eft que l'exécuteur de nos profcriptions ;
Et bien plus commandé , crois-moi , qu'il ne commande ;
D'un , où d'autre côté , qu'à périr il s'attende ,
Ou maffacré par eux , ou condamné par moi
Comme un chef de parti qui menace fon Roi ;

Mais, voici d'Orléans, suivi de son la Touche.
Toi, prends garde qu'un mot n'échappe de ta bouche.

SCENE II.

Le Duc D'ORLÉANS, le Comte DE LA TOUCHE,

Le Comte DE MIRABEAU, le Marquis

DE SAINT-HURUGE.

Le Comte DE MIRABEAU.

Enfin, voici le jour marqué pour vos exploits ;
Vous seul tenez le sort des Peuples & des Rois.
Souple à mes volontés, le sénat de la France
Se range de lui-même à votre obéissance.
Saint-Huruge, Seigneur, nous repond de Paris ;
Et dans ce Château seul sont tous vos ennemis.
Bientôt pour nos neveux, par un titre plus juste ;
Philippe d'Orléans sera Philippe - Auguste.

Le Duc D'ORLÉANS.

Je sais, en dirigeant nos desseins importans
Ce que je dois, Monsieur, à vos soins obligeans ;
Et j'espere avant peu reconnoître ce zele ;
Mais, je vais vous parler en complice fidele :
Plus j'approche du but de mon ambition ;
Plus je sens dans mon cœur d'irrésolution.
Si la Cour me punit, je fus un peu sincere :
Ma hardiesse au Roi, sans doute a pu déplaire ;

Et de Brienne , errant en pays étranger ,
L'exil a pu suffire , enfin , à me venger.

Le Comte DE MIRABEAU.

Pourquoi parler , Seigneur , d'exil & de vengeance ,
Votre grand cœur suffit aux destins de la France ,
Et si , pour commander en Maître aux Nations ,
L'homme foible a besoin du feu des passions ;
Philippe du même œil qui confond le superbe ,
Doit voir l'Aigle dans l'air , & l'insecte sous l'herbe ,
Sous les débris du trône étouffer ses rivaux ,
Et par l'égalité régner sur ses égaux.

Le Comte DE LA TOUCHE.

Mais ne craignez-vous pas que cette politique
Qui conduit sur nos pas un peuple fanatique ,
Appréciée enfin par tous les bons esprits ,
Au lieu de ses respects , n'attire ses mépris ?
Déjà de Charles V on lui trace l'histoire ;
Bailly , comme Marcel , si l'on veut les en croire ,
Par le peuple élevé doit tomber comme lui ;
Il est.....

Le Comte DE MIRABEAU.

Pour un Maillard cent Marcel aujourd'hui.
Ne craignez point , Seigneur , qu'aucun puisse vous nuire ,
Si par l'exemple seul , on pouvoit se conduire ,
Je vous rappellerois un de ces noms fameux ,
Qui fut tout par lui-même , & rien par ses aïeux.
Nous sommes ici bas ce que nous voulons être ;
L'homme doit obéir ; le grand homme être maître.

Le Duc d'Orléans.

Mais pour mettre à profit vos utiles leçons,
Avons-nous de Paris les soivante cantons ?
Le soldat pourra-t-il , entraînant la Fayette,
Le désigner l'auteur du coup que je projette ?

Le Marquis de Saint-Huruge.

Oui , Seigneur , vous pouvez compter sur nos amis ;
Les gardes , les bourgeois , tout vous sera soumis ;
Et du peuple gagé les cohortes sans nombre ,
Couvriront nos desseins du voile le plus sombre.

Le Comte de la Touche.

Mais , la Duchesse ici.

Le Comte de Mirabeau, *au Marquis de Saint-Huruge.*

Vas , je reste en ces lieux ;
Sur tous ses mouvemens , je fixerai les yeux.

SCENE III.

Le Duc d'Orléans , la Duchesse d'Orléans , le Comte de Mirabeau , le Comte de la Touche.

Le Duc d'Orléans.

Où courez-vous, Madame, & d'où viennent ces larmes ?

La Duchesse D'ORLÉANS.

Vous feul pouvez, Seigneur, diffiper mes alarmes,
On dit ; même ce bruit ne paroit pas nouveau ,
Qu'en vous montrant le trône, on vous mene au tombeau
Que parmi vos amis ; puis-je achever le refte ?

Le Duc D'ORLÉANS.

Moi, que je craigne d'eux un deffein fi funefte ;
Ah ! Madame, écoutez un plus heureux tranfport ;
Nous allons au triomphe, & non pas à la mort ;
Et voulant écarter la Cour & fes Miniftres,
Nous n'avons point formé de projets plus finiftres ;
De mon bonheur, enfin, pourquoi vous affliger ?

La Duchesse D'ORLÉANS.

Dans quels fiecles de foins vous allez-vous plonger.
Vous le favez, Seigneur, Penthievre vous adore ;
mais de l'ambition, fi la foif vous dévore,
Si l'honneur de régner, de mon bonheur jaloux,
M'enlevoit mon feul bien, m'arrachoit mon époux ;
Enfin, fi quelque main à tous les deux contraire,
Détournoit contre vous la fureur populaire ;
Allons, loin de ces lieux attendre le fuccès,
Ne vous refufez pas à mes triftes regrets ;
Un cœur comme le mien ne peut-il vous fuffire ?

Le Duc D'ORLÉANS.

Pourquoi ces mots fans fuite, & que voulez-vous dire ?

Le Comte DE MIRABEAU.

Quelqu'un pourroit-il nuire à Philippe aujourd'hui ?

La Duchesse D'ORLÉANS.

Vous qui le conduisez, répondez-vous de lui ?
Ah ! d'une ambition, que mon amour redoute
Quel but pourra jamais vous adoucir la route ?
Eh ! quoi, n'êtes-vous pas au plus sublime rang ?
N'est-ce pas vous manquer, manquant à votre sang ;
Un jour il m'en souvient ; dans un tendre délire,
Je voudrois, disiez-vous, que maître d'un Empire ;
Mais de plaire à Penthievre encore plus jaloux,
Elle eût avec mon cœur, mon sceptre à ses genoux ;
Oui, c'est m'en donner un que cesser d'y prétendre.

Le Duc D'ORLÉANS.

Je ne puis résister à cette voix si tendre,
Et je cede, sans doute, à d'injustes soupçons ;
Mais soyez désormais toutes mes passions,
Je vous le dis sans fard, sans aucun artifice.

La Duchesse D'ORLÉANS.
Je connois mon époux, & je lui rends justice.

SCENE IV.

Le Duc D'ORLÉANS, le Comte DE MIRABEAU.

Le Comte DE MIRABEAU.

LES Ministres, Seigneur, se l'étoient bien promis,

Le Duc D'ORLÉANS.

Les Ministres, dis-tu ?

Le Comte DE MIRABEAU.

Répandent dans Paris ;
Mais je crains cependant d'être un peu trop sincere.

Le Duc D'ORLÉANS.

Non, parle.

Le Comte DE MIRABEAU.

J'obéis : on dit que votre mere,
Ecartant de son sein le vieux sang de Bourbon,
Ne transmit à son fils des Capets que le nom ;
Qu'à la gloire, opposant les plaisirs les plus minces,
Philippe n'eut jamais les goûts chers aux grands Princes ;
S'il fut un moment fait pour étouffer ce bruit.

Le Duc D'ORLÉANS.

J'entends ; de tes conseils je cueillerai le fruit.
Viens, & forçant enfin cette Cour à se taire,
Je sçaurai lui montrer ce qu'Orléans peut faire.

Fin du second acte.

ACTE

ACTE III.

SCENE PREMIERE.

La Marquise DE TOURZEL, CALONNE.

La Marquise DE TOURZEL.

Est-ce une illusion! en croirai-je mes yeux!
Calonne! quel chemin vous conduit en ces lieux?...

CALONNE.

Je viens payer, Madame, excité par mon zele,
Ce que doit à son Roi tout serviteur fidele;
Je sçais que je me livre à tous mes ennemis;
Que je dois craindre Nekre & ses nombreux amis,
Que j'irrite à la fois son orgueil & sa haine;
Mais sauvons, s'il se peut, & Louis, & la Reine.

La Marquise DE TOURZEL.

Depuis trois mois la Reine en son apartement
Cherche un peu de repos, & toujours vainement.
Elle rejete, hélas! de son âme agitée,
Toute distraction par nos soins projetée;
Elle embrasse son fils, tantôt pleure avec nous,
Celui dont la priva le destin en courroux;
Même, depuis b   jours, & plus triste, & plus sombre;

C

Quelquefois elle semble appercevoir un ombre.
De mots entrecoupés, elle presse les sons ;
Jusques sur ses amis elle étend ses soupçons.
Les yeux remplis de pleurs, souvent d'un air austere ;
Elle apelle à grands cris, & Choiseul, & sa mere ;
Elle accuse le ciel, ou bien se plaint à tous
D'avoir été trompée, ainsi que son époux.
Oui, plus je la connois, plus mon courroux s'enflâme ;
Quand je vois des Français calomnier son âme.

CALONNE.

Tout le mal vient de Nekre, & de sa vanité ;
Genevois & Sectaire avec la Royauté,
Il poursuit aujourd'hui la croyance romaine ;
Le sceptre & la tiare ont des droits à sa haine ;
Et d'un comptoir obscur au grand jour parvenu ;
Il ne veut plus, dit-il, de rang que la vertu.
Tel est des Novateurs le langage ordinaire,
Et comme en tous les rangs il existe un vulgaire ;
Il a trouvé des grands dont les yeux fascinés,
Grossissent le troupeau de ses illuminés ;
Ou qui, peut-être aussi, plus adroit que les autres,
Espérent tout d'un Dieu dont ils sont les apôtres.
Mais on ouvre : La Reine.

SCENE II.

LA REINE, LA MARQUISE DE TOUR-
ZEL, CALONNE.

LA REINE A CALONNE.

Hélas ! je vous revois ;
Et peut-être, Monsieur, pour la derniere fois.

CALONNE

Ah ! Madame, un moment, daignez tarir ces larmes;
Que peuvent à vos maux de stériles alarmes ?
Le monde est juste enfin, sur vous, sur votre époux,
Un jugement plus lent n'en sera que plus doux.
Eloignez de votre âme une douleur si vive.

LA REINE

Prêtez-moi l'un & l'autre une oreille attentive;
Un songe qui m'effraie, & par-tout me poursuit;
Vient troubler mon repos & le jour & la nuit.
Je sais ce que l'on doit à de grossiers prestiges,
Et mon esprit armé contre ces vains prodiges,
Méprisa dès long-tems la faiblesse & l'erreur ;
Mais ce songe en mes sens a porté la terreur.
Epouse & mere enfin, pourrai-je être insensible,
Aux avis bienfaisans d'une main invisible.
J'errois dans les détours du Parc de Trianon,
Seule, au déclin du jour, dans un sombre abandon ;
Quand je vois près de moi s'élever de la terre

Un spectre; je veux fuir ; grands Dieux ! c'étoit ma mere,
Dont la main soulevant ses longs habits de deuil ,
Présente à mes regards la tête de Choiseuil.
Mon cœur , malgré mes sens , vers tous les deux m'en-
        traîne.
Tremble , me dit le Duc ; ô malheureuse Reine ,
D'infâmes assassins redoute le courroux ;
On en veut à tes jours , à ceux de ton époux ,
D'Orléans ; .... A ces mots les éclats du tonnerre
Dérobent à mes yeux , & Choiseul, & ma mere ,
Et le Roi s'empressant à mes lugubres cris,
De cet affreux sommeil vient tirer mes esprits.
Que peut me présager cette vue effroyable ?
Pourroit-on ajouter au malheur qui m'accable ,
Et réduite à pleurer , & mon fils , & l'Etat ;
Faut-il pour mon époux craindre un assassinat ?

La Marquise DE TOURZEL.

Ah ! Madame , pourquoi vous effrayer d'un songe ?

CALONNE.

Peut-être cet avis n'est point un vain mensonge,
Madame , & dans ce jour un peu mieux éclairci ,
J'aurai le mot secret du billet que voici :
Puisse un vent favorable écarter ces nuages ,
Et le calme en nos cœurs succéder aux orages,
Mais , Nekre vient.

LA REINE.

            Allez , j'attends votre retour,
Je veux seule avec lui m'expliquer en ce jour.

SCENE III.

LA REINE, NEKRE.

NEKRE.

QUOI ! pendant que Louis est sorti sans escorte,
La sœur de l'Empereur attend seule à sa porte !

LA REINE.

Je vous cherchois, Monsieur.

NEKRE.

Qui, moi, Madame,

LA REINE.

Vous,
Certains faits doivent être éclaircis entre nous ;
Et pendant que du Roi, la Cour cherche la trace,
Il faut sur mes soupçons, que l'on me satisfasse.

NEKRE.

J'ignore de quel crime on a pu me noircir.

LA REINE.

De tout ce que j'ai fait, je vais vous éclaircir.

Elle s'assied.

Quinze ans sont écoulés depuis que la Couronne
Nous fit connoître, hélas ! les soucis qu'elle donne,

C 3

Et quinze ans , désirant de voir son Peuple heureux,
Le Roi n'a pu jouir du plus doux de ses vœux.
Maurepas, vous savez , indiqué par son père ,
Nous parut à tous deux un ange tutélaire ;
Mais son expérience & sa capacité
Le cédoient de beaucoup à sa légéreté.
Il sut rendre du Roi le désir inutile ,
En lui peignant toujours l'art de régner facile.
Vergennes le suivit ; docile à mes souhaits ,
Sans achever la guerre , il accepta la paix ;
Espérant avec elle , au sein de l'abondance ,
Par d'assidus travaux régénérer la France.
Vains desirs ! vains projets ! de mon bonheur jaloux ,
Le sort s'est constamment déclaré contre nous ,
Et le Ciel ajoutant aux malheurs de la terre ,
Nous vîmes succéder la famine à la guerre.
On changea de principe , on changea de conseil ,
Sans pouvoir à nos maux mettre un sûr appareil ;
Et sans nous arrêter à la prompte disgrace
Du Prélat , dont ici vous occupez la place ;
Je viens à ce moment où mes heureuses mains
De Louis , contre vous , trompérent les chagrins ;
Sans doute , vous sentez , sorti du Ministere ,
Combien votre conduite avoit dû lui déplaire ;
Et vos premiers travaux au Public consacrés ,
Etoient même , sans moi , d'inutiles degrés ,
Alors que Loménie , à ses mains incertaines ,
Du trésor épuisé vit arracher les rênes
Chacun se rappelloit votre superbe humeur.
De Stockolm , on craignoit même l'ambassadeur ;
Et peut-être doit-on aux soins de votre gendre ,
Le parti que l'Europe , à Gustave a vu prendre.

N E K R E.

Madame, à qui cacher désormais nos malheurs ?

LA REINE.

Dans le secret du moins nous dévorions nos pleurs ;
d'être trop bien instruit, justement l'on soupçonne
Un Prince à qui la France assura sa Couronne.
Cependant, réjettant ceux qui briguoient ma voix,
Je peignis à Louis le besoin d'un bon choix ;
Et sans vous croire exempt de cabale & d'intrigue,
On écouta le Peuple, & j'écartai la brigue.
Ce n'étoit rien encor : votre religion
S'opposoit aux élans de votre ambition ;
On murmuroit, Monsieur, & faut-il vous le dire,
On annonça dès-lors les malheurs de l'Empire,
Si cet obstacle enfin, par moi seule abatu,
Vous livroit de Louis la facile vertu
Malgré l'antique loi de l'autel, & du trône,
De Louis en vos mains je remis la couronne,
Il vous nomma Ministre, & pour tant de bienfaits,
Je ne vous demandai que l'amour des Français.
Sans danger pour l'Etat ne pouviez vous me plaire ?
Voilà ce que j'ai fait, en voici le salaire.
Attentif à fixer tous les regards sur vous,
Du nom même du Roi vous paroissez jaloux ;
De vos premiers projets la fausse économie,
N'offrit plus aux Sujets qu'une Cour avilie ;
Et vos comptes rendus, plus au Peuple qu'au Roi,
Parloient beaucoup de vous, de votre épouse ; & moi
Qui de tous vos travaux, devois, à plus d'un titre,

C 4

Être la confidente au moins, sinon l'arbitre,
Vous semblez éviter de prononcer mon nom.

N E K R E.

Madame, vous croiriez.

L A R E I N E.

Sur le moindre soupçon
Que mon autorité fait pencher la balance,
Je vous entends citer les malheurs de la France;
Comme si, trahissant, & mon fils, & mon Roi,
J'osais sacrifier tout le Royaume à moi.
Encor, ce seroit peu, si votre ingratitude
A me déplaire en tout, eut borné son étude;
Mais, qui peut ignorer que l'Etat aujourd'hui
Ne soit prêt de périr, & nous même avec lui.
Mépris de tous les rangs, haine de tous les Princes;
La Capitale eu feu, de même les Provinces;
Le Roi craignant son Peuple, & son frere insulté;
Par-dessus tous les noms, votre nom exalté;
Tout ne montre-t-il pas que votre soin perfide
Fut de perdre un Etat qui vous choisit pour guide;
Car vos talens, qu'on porte à la sublimité,
Livrent à nos soupçons votre fidélité.

N E K R E.

Accuser à la fois ma droiture, & mon zele!

L A R E I N E.

Comme vous, Sunderland, pour son Prince infidele,
A Guillaume livra le crédule Stuart;

Vous n'eûtes à nos maux, Monsieur, que trop de part;
Vous rabaissez Louis, & d'un ton hypocrite,
Vous ne parlez jamais que de votre mérite;
Vous opposant toujours au bien de nos amis;
Appuyant en secret nos plus chauds ennemis;
D'un Peuple qu'on séduit outrant le caractere,
Vous applanissez tout, alors qu'il faut lui plaire;
Pourvu qu'en votre nom, le bienfait accordé
Cache jusqu'au soupçon que Louis l'ait cedé.
Dans ce Paris enfin, fier de votre génie,
Vous allez triompher quand le Roi s'humilie:
Même j'ajouterai, que d'un front sans égal,
On vit à vos côtés, & votre épouse, & Staal.
Et ne tremblez vous pas, en voyant votre Maître;
S'il lui reste du moins quelque désir de l'être,
Sur un Peuple, par vous fidellement instruit,
Ne régner désormais que par votre crédit.
De la France à l'Europe, aggravent les miseres;
Peignant des maux réels, promettant des chimeres;
Voilà les fruits amers de vos brillans travaux;
Et lorsque je me plains à vous de tous nos maux;
Lorsque j'ai pu vingt fois comme ici vous confondre;
Par de futiles mots, vous croyez me répondre;
Vous, dont j'eus pu laisser mourir l'ambition
Dans le dédale obscur de la Religion.

NEKRE.

Madame.

L'A REINE, se levant.

C'est assez: j'ai trop su vous connoitre;
Aux Etats, au Conseil, allez parler en maître;

C'est en cédant aux vœux d'un Peuple trop ingrat,
Que j'ai perdu le Roi, moi-même; & tout l'Etat.

SCENE IV.

NEKRE, MADAME NEKRE.

NEKRE.

Avez-vous entendu cette superbe Reine?

Madame NEKRE.

Hélas! j'entendois tout, & plaignois votre peine.
Monsieur, nous sommes seuls; écoutez en ce jour
Un conseil que dicta le plus sincere amour.
Etrangers dans ces lieux, enchaînés l'un à l'autre,
Ma conduite toujours fut soumise à la vôtre.
De ce premier affront, songeons à profiter;
Peut-être la fortune est prête à nous quitter.
Evitons un retour qui serait trop funeste,
Toute la cour nous hait, le clergé nous déteste;
Et s'il faut vous montrer enfin ce que je voi,
Ce peuple même ici me cause de l'effroi;
Aux plus affreux excès son inconstance passe:
Prévenons son caprice, & craignons qu'il se lasse.
Gagnons le lac Léman, & ses bords écartés,
Où nos aïeux, dit-on, jadis furent jetés.
Vous pouvez du départ me laisser la conduite;
Sur-tout de vos trésors j'assurerai la suite.
Oui, le moindre incident, dans vos vastes projets,
Peut de votre carrière, encombrer les trajets;

Le plus simple hasard des jeux de la fortune ;
L'intérêt ou l'intrigue, à la cour si commune ;
Dans vos amis le trouble ou la division,
De tous vos ennemis la constante union :
Rendez-vous aux avis d'une épouse alarmée,
Qui préfère vos jours à votre renommée.

N E K R E.

Madame , il n'est plus tems , le sort en est jeté ;
Au sommet du pouvoir en ce moment monté ,
Il seroit trop honteux moi-même d'en descendre ;
J'ignore du destin ce que je dois attendre ;
Mais dût-il de mon sort altérer la douceur ,
Ailleurs , pour votre époux , il n'est plus de bonheur.
Je connais de Louis l'âme molle & facile ;
Trop long-tems de mes mains j'ai pétri cet argile.
Tout me répond encor , & du peuple & de lui :
N'ai-je pas en moi-même un plus solide appui ;
Et pour me conserver la faveur souveraine,
Je saurai me passer du crédit de la Reine.

Fin du troisieme acte.

ACTE IV.

SCENE PREMIERE.

LE COMTE DE LALLY, *seul.*

SOUVERAINS Protecteurs de l'empire des Lys,
Dieux ! témoins de la foi que je dois à Louis :
Ah ! quand sous son aïeul, j'ai vu périr mon pere,
En dois-je à ses enfans un respect moins sincere ?
Eloignez-vous de moi coupable ambition,
Trop criminel esprit de la sédition.
Si jadis cette Cour était fertile en brigues,
Voit-on dans nos Etats de moins noires intrigues ?
A trahir mon honneur, si j'étais destiné,
Reprenez le pouvoir que vous m'avez donné ;
Vous, qui toujours soumis à nos illustres Princes,
désirez seulement le bien de leurs Provinces.
Lally.... rentre en toi-même, & vois s'il t'est permis,
De livrer un secret qui perd tous tes amis.
Des amis.... des amis.... le sont-ils de ma gloire ?
Craignons de voir unis leurs noms, & ma mémoire.
Périsse bien plutôt jusques au souvenir,
De forfaits que jamais ne croira l'avenir.
Disciple humilié d'un Laclos, d'un Barnave,
Respirer sous des Rois, est-ce vivre en esclave ?
Ah ! cet antique trône de l'Empire Français,
Ne dut qu'à ce pouvoir, sa gloire & ses succès.

Oui... que Calonne inftruit.... Sauvons le Roi, la France;
Le bien de mon Pays fera ma récompenfe;
Je périrai peut-être, en un fi beau deffein;
Le parti que je fuis a plus d'un affaffin;
Périffons s'il le faut; mais qu'on entende dire,
Maltraité de fon Roi, Lally fauva l'Empire.
J'apperçois d'Orléans, & tous fes conjurés :
Dieux ! voilà les vertus que vous couronnerez.
Sortons.

S C E N E I I.

Le Duc D'ORLÉANS, le Comte DE MIRABEAU,
LACLOS, CHAPELIER, BARNAVE.

Le Duc D'ORLÉANS.

Vous, mes amis, contre une Cour parjure,
Qui voulez me fervir à venger mon injure,
Mirabeau, Chapelier, vous Barnave & Laclos,
Antoinette fut feule auteur de tous mes maux;
C'eft elle dont la main féconde en artifices,
Fit rompre deux hymens à mes vœux fi propices;
Ses orgueilleux dédains rappeloient à Louis
L'époufe du Régent, & la mienne, & leur fils.
De fon efprit mordant la piquure profonde,
Compare ces beaux jours aux brouillards de la fronde;
De Brouffel & de Rets rappelant le tableau,
Elle peint d'Orléans comme un Beaufort nouveau.
Vengez-vous, vengez-moi, notre caufe eft commune;

Je mets entre vos mains mon nom & ma fortune ;
Prodiguez mes tréfors au Peuple de Paris ,
Ecartons de ces lieux , & la Reine & Louis:
De Miniftres obfcurs difperfons la cohue ;
Et lorfque cette Cour, à nos pieds abatue,
De fa perte, en fuyant, donnera le fignal,
Du Royaume pour lors Lieutenant-Général ;
Je puis récompenfer dignement votre zele ;
Vous, Chapelier , des fceaux le gardien fidele ;
Vous apprendrez à tous à refpecter mon nom.
Laclos, prenez ma garde & remplacez Lomont.
Mirabeau de Paris aura le miniftere ;
Barnave choifira la marine ou la guerre.
Moi, je me guiderai toujours par vos avis,
Et nul n'aura d'emploi que vous , & nos amis.

Le Comte DE MIRABEAU.

Sufpendez un difcours dont la bonté me bleffe ,
Seigneur, de l'amitié redoutons la foibleffe ;
Sa balance perfide aux plus grands intérêts
A des plus fages plans arrêté les progrès ;
Sous un Prince abfolu, dédaignant ces mefures,
Un Miniftre affermi choifit fes créatures ;
Mais en ce moment même où nous créons l'Etat,
Tout choix eft important, tout emploi délicat ;
Et , par exemple, au Ciel fa demeure ordinaire ;
L'Aftronome Bailly peut-il régler la terre ?
Liancourt d'une excufe éludant le combat,
Guidera-t-il jamais les troupes de l'Etat ?
L'un à fa paffion doit tout fon caractere.

D'Aiguillon n'a pour but que de venger son pere ;
L'autre qui de courage a manqué de tout tems,
Peut, dans la politique, essayer ses talens.
Mais sur-tout écartons ces Gracques subalternes
Par mode conjurés, Catilina modernes,
Qui dans une bergere, un Salusse à la main,
En parlant d'un Français, citent un nom Romain.
A tout un édifice une pierre peut nuire ;
Un homme seul éleve ou détruit un Empire ;
Mais Saint-Huruge accourt, & semble vous chercher.

SCENE III.

Le Duc D'ORLÉANS, le Comte de MIRABEAU,
Le Marquis de SAINT-HURUGE, LACLOS,
CHAPELIER, BARNAVE.

Le Marquis de SAINT-HURUGE.

VOUS pouvez de Paris, Seigneur, vous approcher.
Aux Gardes révoltés la Fayette est en bute ;
J'ai donné le conseil, un autre l'exécute ;
Et dans quelques momens tout Versaille investi,
Désormais à la Cour ne laisse qu'un parti.

Le Comte DE MIRABEAU.

Soit que la Cour demeure, ou bien prenne la fuite,
De ces lieux importans laissez-moi la conduite ;
Je sais de qui l'on doit ici se défier ;
J'observerai Lally, j'aurai l'œil sur Mounier ;
Et faisant de tous deux une justice prompte,
Je saurai, s'il le faut, vous en rendre un bon compte.

Le Duc d'Orléans.

Nous nous abandonnons, Monsieur, à votre foi;
Aux Etats assemblés, allez donner la loi;
Pendant que de la Cour, observateur fidele,
J'exciterai du Peuple, ou retiendrai le zele.

SCENE IV.

Le Comte DE MIRABEAU; le Marquis DE SAINT-
HURUGE.

Le Comte DE MIRABEAU.

DEMEURE, Saint-Huruge. Enfin voici le tems
Où le Trône ébranlé jusqu'en ses fondemens,
Peut aussi dans sa chute entraîner notre perte;
Le Peuple, assure-tu;

Le Marquis DE SAINT-HURUGE.

La plaine en est couverte;
Et dans quelques momens, Monsieur, ils sont à nous.
Des soldats nous avons séduit l'esprit jaloux;
Du Héros de Boston ils échauffent le zele.

Le Comte DE MIRABEAU.

Les Héros ne sont point taillés sur ce modele.
La nature leur donne un bien autre ressort;
Des Pilotes pareils sont habiles au port;
Profitons seulement de sa frêle sagesse.

Un

Un soin plus important en ce moment me presse ;
Et sans me confier à ce Peuple nouveau,
Qui court s'asseoir au Trône, échappé du barreau :
J'ai sondé les esprits, & la Cour interdite,
Préférera, crois moi, la prison à la fuite ;
Celle-ci de la guerre ouvriroit le chemin ;
Eh ! que peut ce Conseil les armes à la main !
Non, nous ne sommes plus au tems des Henri quatre,
Où les Sully savoient conseiller & combattre.
A quelques gens d'esprit l'Etat abandonné,
A perdu cet honneur qui l'avoit gouverné.
Les talens ne sont plus qu'un vain jeu de mémoire ;
On calcule aujourd'hui tout, excepté la gloire.

Le Marquis DE SAINT-HURUGE.

Eh ! que faire, Monsieur, en ce péril nouveau !

Le Comte DE MIRABEAU.

J'ai prévu dès long-tems jusques à mon tombeau ;
Si le foible Louis, se courbant sous l'orage,
Croit, se livrant au Peuple, échapper au naufrage ;
Qu'en habile usurier, & peu propre au combat,
Nekre évite la guerre, & plus, l'assassinat,
Qu'Orléans effrayé des maux qu'il n'a su faire,
En fuyant pare au coup qui devoit m'en défaire :
Que la Fayette enfin, & vingt mille Soldats,
Sauvant mes ennemis, suspendent leurs trépas ;
Alors tout mon projet n'étant plus que chimere,
J'ouvre une main avide à l'or de l'Angleterre :
Ne pouvant de la France ennoblir le destin,
Je porterai le trouble & la mort dans son sein.

D

De cette liberté l'esprit incendiaire,
Gagnera par mes soins jusques au Militaire.
Le Marin redoutant de libres Matelots,
Craindra leur inconstance encor plus que les flots.
Que les Chefs irrités par de sanglans outrages,
Au souffle de la haine alument leurs courages ;
Que par-tout ces tyrans, tant élus qu'électeurs,
Trouvent, au lieu de paix, d'éternelles clameurs ;
Que les Francs adoptant de nouvelles Patries,
Abandonnent la leur aux torches des furies.
Et puisse en ce néant, moi seul pensant en Roi,
Voir périr un état qui ne vit pas pour moi.
Mais on vient : poursuivons nos destins favorables,
Et s'il le faut, ami, perdons ces misérables.

SCENE V.

NEKRE, seul.

(Il s'avance à pas lents, & paroît absorbé en lui-même.)

Non, je ne croirai point que ce peuple aujourd'hui,
Ecoutant d'Orléans, m'abandonne pour lui.
        Après un silence.
    Tu ne le croiras point ? vain espoir qui te flate ;
Crois en ce peuple au moins, lorsque sa rage éclate.
Crois-le, quand transgressant les plus saintes des loix,
Il ose violer l'isle de ses Rois.
Ministre trop aveugle ! ô fortune cruelle !
J'avois cru t'échapper dans la race mortelle.
Ah ! pourquoi d'un vain nom désirant trop l'éclat,
Ai-je remis la main au timon de l'état ?

Montagnes de la Suisse ! horrible sollitude !
Vous n'eussiez à mon cœur offert rien d'aussi rude !
De la Reine, comment soutenir le regard ?
Moi, d'un Peuple gagé, ridicule étendard,
Je croyois qu'à mon nom couloient ses seules larmes,
Et j'étois le signal de coupables alarmes.
Je croyois m'enivrer du plus doux des encens;
Et j'étois le jouet des plus vils courtisans.
Où fuir ! d'une maison ardente à ma ruine,
J'ai desséché le tronc jusques dans sa racine :
Sa fureur s'étendant sur ma postérité,
Peut-être on doutera que Nekré ait existé.
Hélas ! de mes travaux, affreuse récompense,
Mon nom, celui de Law, seront unis en France;
Et les siecles diront, parlant de nos projets,
L'un perdit le Monarque, & l'autre les Sujets.
Ecartons ces pensers dont l'horreur m'environne;
Voyons s'il reste encor quelque ressource au Trône;
Essayons de calmer un peuple furieux.
Mais la Reine & Galonne avancent vers ces lieux.

SCENE VI.

LA REINE, CALONNE, NEKRÉ.

LA REINE A NEKRÉ.

Vous entendez ce Peuple, & voyez ce qu'il ose;
Quand de l'état trahi, croyant venger la cause,
Les yeux ceints du bandeau de la rebellion,
Il a rompu le frein de la soumission;

Vous l'entendez, Monſieur, votre rare prudence,
Loin d'éteindre, alluma ce feu dans ſa naiſſance ;
Et peut-être ſes chefs, conſommant leurs forfaits,
Du plus auguſte ſang vont ſouiller ce palais !

NEKRE.

Madame, je croyois !

LA REINE.

Ce mot n'eſt pas d'un ſage,
Qui croit toujours au calme eſt ſurpris par l'orage.

NEKRE.

Madame, permettez : quand je vins à la cour,
J'avois à réparer les torts de plus d'un jour.
Je crus qu'à ſon flambeau, l'amour de la patrie
Pourroit rendre à ce Peuple une utile énergie ;
Que l'exemple donné par le meilleur des Rois,
Feroit chérir en lui la douceur de ſes loix ;
Sur-tout que les Français, ivres des droits du Trône,
Épureroient encor l'éclat de la couronne ;
Et que loin de briſer ce ſublime reſſort,
L'honneur ſeul parleroit, non les droits du plus fort.
En connoiſſant la France, en liſant ſon hiſtoire,
Madame, ainſi que moi, tout autre eût pu le croire.

CALONNE.

C'eſt l'hiſtoire du jour qu'il falloit conſulter.
Quand aux droits du Monarque on permet d'inſulter ;
Lorſque ſous le vain nom d'amour de la Patrie,

On alume par-tout les feux de l'anarchie ;
Lorfqu'ennemi du Trône, on en ternit l'éclat ,
Doit-on être étonné que quelque fcélérat,
Abufant à fon tour d'un Peuple trop crédule,
L'éloigne d'un refpect devenu ridicule?
La difcorde aujourd'hui, par un fecret nouveau ,
Aux mains du Philofophe a remis fon flambeau ;
Et voyant s'allier le Sabat & la Pâque,
Elle prend pour brandons les rêves de Jean-Jacque.
Quoi ! pour rendre fameux Sieyes & Chapelier ,
Faut-il troubler vingt ans tout un Royaume entier.
Craignons qu'autour de nous , des Princes plus habiles ,
Ne mettent à profit nos difcordes civiles.
Voyez de fes malheurs , le Batave effrayé ;
Le Belge encor tremblant , & dans fon fang noyé ;
Et fur-tout redoutons l'étroite politique
De ces adorateurs du Sénat d'Amérique ,
Qui voudroient, écoliers de Price & de Francklin,
Habiller un Géant du jufte-au-corps d'un Nain ,
Que fon exemple fut la regle à qui tout cede ;
Mais le mal étant fait , cherchons-en le remede.
Ce n'eft plus le moment de regrets & des pleurs ,
Voyons à prévenir le plus grand des malheurs.

Fin du quatrieme acte.

ACTE V.

SCENE PREMIERE.

LE ROI, CALONNE.

(*Le Roi achevant de lire un billet que Calonne vient de lui remettre.*)

CALONNE.

Je remplis mon devoir de fidele sujet.

LE ROI.

Tout ce que l'on me dit peut-il être croyable?
J'éprouvois le fort d'un tyran exécrable!
Moi, qui pour mes Sujets le cœur plein de bonté,
Ai dépouillé les Loix de leur sévérité,
Espèrent-ils trouver leur bonheur dans ma perte?
Ravir la liberté, qui leur étoit offerte,
Quand de leurs Chefs jaloux, voyant l'ambition,
Je voulus étouffer toute division.

CALONNE.

Si l'on eût adopté vos Loix justes & sages,
Les deux chefs de parti perdoient leurs avantages,
Et vos Peuples heureux par votre volonté,
Fussent restés soumis à votre autorité.
Mais se voyant trompés dans leur folle carriere,
D'Orléans sut à Nekre allier sa banniere,

Et de cette union l'imposant appareil
Effrayant vos amis, trompa votre Conseil.
Nekre abusé lui-même, & plein de confiance,
Se crut en ce moment l'idole de la France ;
Et soudain détruisant l'ouvrage de son Roi,
Il voulut être seul l'organe de la Loi.
Ainsi des deux partis, habiles à vous nuire,
L'un veut régner sans vous, & l'autre vous détruire.

LE ROI.

Un Bourbon s'unissant aux plus vils scélérats,
Croit se rendre fameux par des assassinats.
A condamner mon sang devais-je donc m'attendre ?
Oui, s'il me déshonore, il vaut mieux le reprendre ;
Lui qui tout bouillonnant de fureur contre moi,
Vouloit s'accroître encor de celui de son Roi ;
Mais sur-tout qui trompant un Peuple téméraire,
Etouffe en des enfans tout amour pour leur pere.

(*A Calonne, qui lui remet un papier.*)

Voyons ceux qui de Nekre, appuyant les projets,
Donnent, sans le vouloir, naissance à ces forfaits.

CALONNE.

Peut-être aigriront-ils la douleur qui vous blesse,
Sire ; vous y verrez les chefs de la Noblesse.

LE ROI (*lisant.*)

Parmi mes ennemis Lameth, & d'Aiguillon !
Sans moi comment Lameth eût-il porté son nom ?

D 4

Vignerot.... mais du moins d'Aiguillon eût un pere,
Et contre lui, peut-être, ai-je été trop févere.

(Il continue de lire.)

En croirai-je mes yeux ! Luynes, Montmorency,
Liancourt & Clermont, vous, Noailles auffi.
Oui, tous ces noms pour moi font un trait de lumiere :
Accourt, Peuple français, vient venger ta mifere,
Dans le fang de tes Rois ofe plonger tes mains ;
Mes bienfaits aujourd'hui payent mes affaffins ;
Mais fi tu veux du moins de juftes facrifices,
Commence par tes chefs, ils furent mes complices.
Mes complices !... Que dis-je, en cet horrible jour,
Conjurés au Sénat, vils flatteurs à la Cour,
De mes propres bontés, me rendant la victime,
Ils jouiffent des biens dont ils me font un crime.

(Il lit.)

Montefquiou ; mes tréfors furent ouverts pour lui ;
A la Cour amené fans parens, fans appui,
Orgueilleux d'un vain nom qui devoit me déplaire,
D'un odieux Miniftre il eft le Secrétaire.
Et la Rochefoucault, Caftellane & d'Aumont,
L'un fait pair fans aïeux, l'autre traînant fon nom ;
D'Aumont couvert, non pas de nobles cicatrices,
Peut-on me reprocher le moindre de leurs vices !
N'écoutons déformais que la voix de l'Etat,
Craignons les mouvemens d'un cœur trop délicat.

(Rejettant les yeux fur ce qu'il a lu.)

Mais vous, dans tous les tems, l'appui du diadême,
Vous, amis de vos Rois, & nobles comme eux-mêmes....

Aveugle rejetton des grands Mommorenci
Si ce n'est pour régner, que faites-vous ici ?

CALONNE.

Dans cet excès fatal sa jeunesse le guide ;
Des Mahomets du jour, c'est un nouveau Séide,
Et tous au même piége également surpris,
Connoîtront un peu tard.... Mais d'où viennent ces cris ?
Est-ce vous, Duc de Guiche ?

SCENE II.

LE ROI, Le Duc DE GUICHE, CALONNE.

Le Duc DE GUICHE.

Ah ! je respire à peine.

LE ROI.

Que fait mon fils ! où sont le Dauphin & la Reine ?

Le Duc DE GUICHE.

Fuyez, Sire, fuyez un Peuple furieux,
Dont les flots effrayans m'ont jetté vers ces lieux.

LE ROI.

Quoi ! d'Estaing est-il mort ? mes Gardes, la Fayette...

Le Duc DE GUICHE.

Ce dernier de son Roi, foiblement s'inquiette ;

D 5

Sans doute il obéit au Maire de Paris.

LE ROI.

Expliquez-vous, enfin ; où sont nos ennemis ?

Le Duc DE GUICHE.

Partout où votre Peuple échauffé de carnage,
Peut tracer dans le sang les marques de sa rage ;
Sire, chargés du soin de veiller ce Palais,
De répondre d'un sang précieux aux Français,
Vos Gardes abhorrant des trames criminelles
Juroient jusqu'à la mort de vous être fideles,
Et voyoient autour d'eux, non sans être étonnés,
Par des Soldats françois les lys abandonnés.
D'Estaing prêt à périr sous leurs nobles ruines,
Se montroit à nos yeux, tel qu'on vit à Bovines
Celui de ses aïeux, dont les heureux exploits,
Méritèrent l'écu qui distingue nos Rois ;
Et quoique peu nombreuse, une troupe aguérie
Eût peut-être du Peuple arrêté la furie,
Si des Soldats vendus n'avoient contre leur foi
Trafiqués leur honneur, & le sang de leur Roi.

CALONNE.

O crime ! ô trahison !

Le Duc DE GUICHE.

Cependant la Fayette
Arrive, & sans s'ouvrir du dessein qu'il projette ;

Après avoir à tous répondu de hasards,
Il laisse ses Soldats quitter leurs étendarts ;
Lui-même les suivans, en ce moment oublie
Dans un lâche sommeil l'honneur & votre vie.

CALONNE.

Elevé dans Boston au mépris de nos Lois ;
Wasington lui montra comme on trahit ses Rois.
Docile à ses leçons, jaloux de sa mémoire,
La révolte est pour lui le chemin de la gloire.

Le Duc DE GUICHE

Bientôt par sa retraite au tumulte excités
Le Peuple & les Soldats fondent de tous côtés ;
Et de vos Gardes seuls la trop foible cohorte
Ne peut de ce Palais leur défendre la porte ;
Eux-mêmes poursuivis jusqu'en ces murs sacrés,
Sur les marches du Trône ils tombent massacrés ;
Et fideles encore à l'ordre qui les lie,
On les voit, sans combattre, abandonner la vie.
Des Grands même, dit-on, dans ce désordre affreux,
Encourageant au meurtre un Peuple furieux,
Excitent à prix d'or sa rage sanguinaire.

CALONNE.

Des Chevaliers françois est-ce le caractere !

LE ROI.

Voilà de d'Orléans les glorieux projets !
Lui-même redoutant ces insignes succès,

Et troublé des remords d'un affreux régicide,
De la fuite m'offroit la reſſource perfide.
Traître envers ſa Patrie, & traître envers ſon Roi,
Qu'à l'inſtant on s'aſſure.

———————————————————

SCENE III.

Le ROI, la Ducheſſe D'ORLÉANS, ſes enfans, le
Duc DE GUICHE, CALONNE.

La Ducheſſe D'ORLÉANS.

AH! Sire, écoutez-moi.

Le ROI.

Que voulez-vous, Madame, êtes-vous ſa complice?
Prétendez-vous enfin arrêter ma juſtice?
Pour un ſujet rebelle, un infidele époux,
Quel ſentiment encor?

La Ducheſſe D'ORLÉANS.

J'embraſſe vos genoux,
Et mes enfans & moi nous offrant pour ôtage,
De ſa ſoumiſſion vous remettons le gage.

Le ROI.

Je vous écouterois, Madame, en ce moment,
Si le crime eût été commis ouvertement;
Si le noble tranſport de ſon ame hautaine,
Les armes à la main m'eût déclaré ſa haine;

Si votre époux, risquant un glorieux trépas,
Au péril de sa vie eût troublé mes Etats:
Mais coupable aujourd'hui des plus infâmes brigues;
Ourdissant dans la nuit les plus lâches intrigues;
Corrupteur de mon Peuple, & l'argent à la main,
Peut-être parmi lui cherchant un assassin;
Et pour mieux assurer ses cabales sinistres,
Me forçant à garder d'incapables Ministres.
De nous & de l'Espagne altérant l'union,
Portant par-tout le trouble & la confusion,
Pour tout mon sang enfin, & pour mon propre frere
La France devenue une terre étrangere,
Je dois à mon honneur, je dois à mes états,
A l'Univers entier.

La Duchesse D'ORLÉANS.

Sire, n'achevez pas.

Le ROI.

Eh! quand sur ma bonté gagnant cette victoire,
Vous pourriez effacer ses torts de ma mémoire!
Sept Princes de mon sang en pays étranger,
Suffiront bien sans moi, Madame, à nous venger;
Et passa-t-il des mers les profondes abymes,
Jamais le Ciel vengeur n'oublia de tels crimes.

La Duchesse D'ORLÉANS.

Ah! Sire, pour l'honneur de votre auguste nom,
Ces forfaits n'entrent point dans l'âme d'un Bourbon.
D'un peu d'ambition le souffle trop funeste

Egara mon époux, un traître a fait le reste.
La bonté dans mon Roi brille en tout son éclat....

CALONNE.

Si j'osois ajouter quelques raisons d'Etat,
Sire, je vous dirois que dans ce moment même,
On doit craindre de prendre un parti trop extrême,
Que ce Peuple abusé déjà depuis long-tems,
Peut se croire obligé de sauver d'Orléans ;
Et ne ménageant rien pour empêcher sa perte,
Se porter, du tumulte, à la révolte ouverte.
Que vous pouvez sans blâme écouter la bonté ;
Que ce n'est pas le tems de la sévérité.
Mais éloignant Philippe avec quelque prudence,
Craignez tout d'un parti dont il est l'espérance ;
Et sur-tout évitez qu'un sentiment trop doux
Ne lui fournisse encor des armes contre vous.

La Duchesse D'ORLÉANS.

Obtiendrois-je de vous cette faveur suprême ?

Le ROI.

Puissent tous les Bourbons lui pardonner de même !

La Duchesse D'ORLÉANS.

Méritez cette grâce, & tombez avec moi,
Enfans trop malheureux, aux pieds de votre Roi.

LE ROI *la retenant.*

Que je vous plains, Madame, & qu'en cette occurence ;

La Duchesse D'Orléans.

Ah ! que mon époux ; mais votre Conseil s'avance,
Et je dois respecter des momens précieux
Qu'au prix de tout mon sang je voudrois plus heureux.

SCENE IV.

Le ROI, le Maréchal DE BEAUVEAU, le Comte
DE MONTMORIN, NEKRE, le Duc DE
GUICHE, CALONNE.

LE ROI à ses Ministres.

SUR vos fronts abattus je juge de l'orage ;
Que devient aujourd'hui ce superbe langage !
Assurant tout prévoir, étant toujours surpris,
Tout prêts à commander alors qu'on est soumis ;
Détruisant mon pouvoir en vantant ma puissance,
Et flatteurs consommés trompant ma confiance.

Le Comte DE MONTMORIN.

Sire, le Peuple encor n'a point trahi sa foi,
Il respecte dans vous, & son maître, & son Roi,
Et de l'autorité l'antique & sain usage,
De votre auguste sang doit être l'apanage ;
Paris veut seulement, au sein de ses Sujets,
Voir son Roi ramener l'abondance & la paix ;
Ecarter de ses murs les discordes civiles,
Et donner par sa voix l'exemple aux autres Villes.

LE ROI.

Pour jouir des débris de mon autorité,
Joignez la perfidie à l'imbécillité.
Voilà ce qu'a produit ce ton académique ;
Qui se croit propre à tout, même à la politique ;
Et qui, de son vernis couvrant tous ses défauts,
Donne pour clair l'obscur, veut rendre vrai le faux.
Maurepas, abusant de ma simple jeunesse,
Employa le premier cette funeste adresse ;
M'offrant dans l'avenir un chimérique appui,
Il prépara l'abyme où je tombe aujourd'hui.

(*Regardant ses Ministres.*)

Et de ses successeurs le coupable langage,
A de l'état enfin consommé le naufrage.
Oui, j'obéis en brave à de lâches conseils ;
Puissai-je au moins servir d'exemple à mes pareils ;
Mais sur-tout éclairés par mon expérience,
Puissent mes héritiers au Trône de la France,
Voyant quel est mon sort, connoître le danger
D'admettre à ses conseils le perfide étranger.

SCENE V.

LE ROI, le Duc D'ORLÉANS, le Maréchal de BEAU-
VEAU, le Comte DE MONTMORIN, le Duc DE
GUICHE, CALONNE, NEKRE.

Le Duc D' O R L É A N S, se jettant aux pieds du Roi.

A H ! mon Roi.

LE R O I, le relevant.

Levez-vous, allez, je vous pardonne,
Malheureux ! ignorez le poids d'une couronne ;
Cependant évitant un trop juste courroux,
Que la mer dès ce jour me sépare de vous.

SCENE VI.

LES PRÉCÉDENS, LA REINE échappant aux assassins
qui arriverent à son lit, au moment où elle en sortoit,
suivie de la Marquise DE TOURZEL, conduisant le
DAUPHIN & MADAME, fille du Roi.

LE R O I.

M ADAME, en quel état ?

LA R E I N E.

On en veut à ma vie.

Le Duc DE GUICHE, mettant la main à son épée.

Ah ! tout mon sang avant qu'elle vous soit ravie.

LE ROI, A LA REINE.
(*Au Duc de Guiche.*)

Demeurez près de moi. Vous Monsieur, il suffit ;
Pour le salut de tous, s'il fallut qu'un périt ;
Je connois mes devoirs, & dans mon rang sublime,
C'est à moi qu'appartient d'être cette victime.

(*On entend battre la générale. Le Marquis de la Fayette,
que l'on a été réveiller, paroit d'un côté du théâtre, à la
tête des ci-devant Gardes-Françoises ; de l'autre côté s'a-
vancent les Députés des Etats, nommés pour accompagner le
Roi, parmi lesquels on distingue le Comte de Mirabeau.*)

(*Le Dauphin effrayé se jette dans les bras de son pere.*)

(*Les Troupes enveloppent la famille Royale, & l'emmenent :
les Députés les suivent, excepté Mirabeau.*)

S C E N E derniere.

Le Comte DE MIRABEAU seul.

Nous, sans perdre le tems en regrets inutiles,
Cherchons des instrumens sous ma main plus dociles ;
A mes hardis projets une fois parvenu,
Peu m'importe qu'après Mirabeau soit connu.

FIN.

www.ingramcontent.com/pod-product-compliance
Lightning Source LLC
Chambersburg PA
CBHW060806180626
46818CB00002B/719